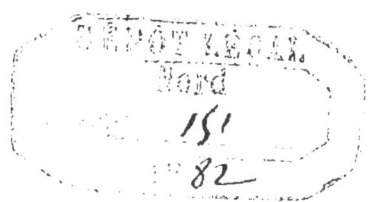
LE
MUSÉE DE LILLE

LE

MUSÉE DE LILLE

DEUXIÈME SÉRIE

TYPOGRAPHIE A. MASSART

LILLE

1882

J'écris pour quelques-uns, peu soucieux des autres :
Pour vous seuls, mes amis, ces vers trop égayés ;
Et je dis aux censeurs : faites nous voir les vôtres
Afin que nous soyons ravis, émerveillés,
Car on les dit charmants et comme ensoleillés !

Les miens sont rocailleux, je l'avoue, et ma rime
Marche et s'en va boîtant ainsi qu'hélas ! je fais ;
Et Dieu sait pourtant si nuit et jour je m'escrime
A les rendre meilleurs, sans réussir jamais :
Mais les vôtres sont mieux puisqu'on les dit parfaits.

Tels je les tiens aussi, rien qu'à leur signature :
Pour moi dans ce livret, je cause encor peinture,
Mêlant à ces grands noms dont le monde est épris,

Ceux d'artistes moins fiers et de moindre stature,
Mais amoureux de l'Art et rendant la Nature
Aussi bien, à mes yeux, que certains Premiers-Prix.

J. L₀

I

SUPPLICE D'UNE VESTALE

Paul Baudry

A la place d'honneur, avec raison, Baudry,
Entre les deux Müller figure ta *Vestale* ;
Et je la vois toujours du même œil attendri
Se tordre, au seul aspect de la fosse fatale.

Sous les flèches d'Eros son bonheur s'est flétri ;
Pour elle adieu les chants de la terre natale,
Adieu le clair soleil et le printemps fleuri :
Pour flambeau désormais la lampe sépulcrale !

Puis souffrir et mourir des horreurs de la faim,
Ainsi le veut le Peuple et le Sénat romain,
Par la voix du Pontife et du sûr Aruspice ;

Et vingt siècles plus tard un Evêque inhumain,
Aux applaudissements de l'Anglais lâche et vain,
Brûlera Jeanne d'Arc : Dieu voilà ta justice !

II

MARIA DE HAËN

David Teniers

Honneur devant Richesse, oh ! la belle devise,
Mais combien peu de gens pourraient se l'appliquer,
Car l'honneur, de nos jours, est une marchandise
Qu'on peut impunément vendre et sophistiquer.

Sans remonter si loin que le vieux père Anchise,
Mais du temps de Téniers on la vit pratiquer
Par Maria de Haën, vrai miroir de franchise,
Et que l'artiste a peinte, on peut dire, à croquer.

Qu'elle est belle, voyez, sous sa coiffe en dentelle,
Son grand col empesé, sa robe de satin,
Echancrée et laissant entrevoir son beau sein !

Pour une miniature on en voit peu de telle ;
Peinte sur marbre blanc, comme elle est, à dessein,
C'est un chef-d'œuvre pur de couleur, de dessin.

III

INTÉRIEUR DE CUISINE

Ph. Rousseau

Vive le cuisinier qui s'entend en cuisine,
Qui sait accommoder faisans, lièvres, perdreaux ;
Par qui l'oie et la dinde et la poularde fine
Deviennent sous la dent de si friands morceaux !

Tel celui de Rousseau, de si gaillarde mine,
Remuant à plaisir turbotière et turbot.
Aidé de son second qui surveille, examine.
La grande lèche-frite où se cuit le fricot.

Les fourneaux sont ardents et l'atmosphère épaisse
Dégage un chaud parfum de truffes et de graisse
Qui vous va droit au cœur en passant par le nez :

Plus exquis que l'encens cher aux dieux de la Grèce,
Car c'est une odeur qui vous charme et vous caresse
Mieux que tous les baisers des Laïs, des Phrynés.

IV

SAMSON & DALILA

L.-F. Comerre

Comme tout bon Lillois je gobe assez Comerre
Et ne m'en cache pas, je le déclare ici ;
Mais pour moi Dalila c'est la pilule amère
Qui me reste au gosier : serait-il rétréci ?

C'est une grande grue au geste automatique,
A la chair pâle et flasque, aux tétons longs et mous ;
Mais Samson me plaît mieux sous sa forme athlétique
Et ses grands yeux de bœuf effarouché, mais doux.

Par Vénus-Astarté, par le Dieu de la Bible !
J'aurais été Samson que, moins chaud, c'est possible.
J'eusse eu vite raison d'Elle et des siens aussi ;

Et pour se laisser prendre et garrotter ainsi,
Bien sûr que la coquine à la main blanche et rose
L'avait tondu de près et privé d'autre chose.

V

JEAN FOREST

N. DE L'ARGILLIÈRE

Ce portrait de Forest, c'est un présent de Brame,
Ministre de l'Empire en cet an abhorré,
Où le triste héros rendit sa noble lame
A Guillaume, le Roi du Vandale adoré.

Un bel et bon tableau, quoique sombre de gamme,
Mais par l'ongle du Temps un peu défiguré,
Qu'un brocanteur illustre, au Sénat qu'on acclame,
Eut fait remettre à neuf, dans un cadre doré.

Mais tel qu'il est, n'importe, il est encor splendide,
Malgré deux ou trois trous de souris ou de rats ;
L'Empereur, le Ministre, ont passé, mais lui pas :

Tandis que sur leur corps putréfié, livide,
Le ver glouton se rue et leur démontre, hélas !
Le néant des grandeurs, sonne leur dernier glas.

VI

JUGEMENT DE MIDAS

PIERRE MIGNARD

La scène ici se passe en ces temps héroïques,
Où Dieux et Demi-Dieux chers à l'humain troupeau,
Vivaient chez les bergers et comme eux prosaïques,
Disputaient aux lions leur proie, aussi leur peau.

Apollon, dit Phébus, Pan, laid merle au physique,
Mais sifflant aussi bien, inventeur du pipeau,
Ensemble querellant, à propos de musique,
Comme arbitre ont choisi Midas au dur cerveau.

C'était un Roi puissant, fort aussi sur la flûte :
La lyre est démodée et vous endort parfois,
Dit-il, quand l'autre excite à l'amour, à la lutte :

Apollon, cache-toi ! Pan est ton maître : ô brute !
Et, Midas de nos jours, tout aussi *sûr en choix*,
Que d'ânes décorés par Napoléon trois !!!

VII

SAINT JEAN AU DÉSERT

A. Hurtrel

Quand Hurtrel te peignit, mangeur de sauterelles,
Il venait du pays où l'orange mûrit ;
Où les oiseaux du ciel, ramiers et tourterelles,
S'ébattent nuit et jour, où tout chante et tout rit.

Au soleil du grand Art s'étant brûlé les ailes,
Icare imprévoyant il retomba meurtri
Dans Lille où l'attendaient tant de douleurs cruelles
Que son corps s'est usé, son esprit s'est flétri ;

Et mourut ne laissant que quelques rares toiles :
Saint Jean dans le désert, Jésus et les Enfants
Et de nos canonniers les *pifs* ébouriffants.

De son ciel nébuleux ce sont là les étoiles ;
Une manque au Musée et lui ferait honneur :
Le défenseur de Lille — un héros — Ovigneur !

VIII

LA PLAGE DE BERCK

L. N. LEPIC

Approchez de ma boutique,
Bébés, foule sympathique,
Friande de tarte au lait :
Goûtez-moi ça, c'est parfait.

De lait? non pas, mais de crème
Et qui fait un bien suprème
A la bouche, à l'estomac :
Pour deux sous, goûtez-moi ça !

Et les bébés approchèrent
De la toile et la léchèrent :
Fi! dirent-ils, c'est caca !

Puis leurs bonnes les torchèrent,
Et s'enfuyant lui lâchèrent :
Qui m'a fait cette horreur-là !

IX

BATEAUX DE PÊCHE

DU MÊME

Voyez, papa, comme ils sont beaux,
    Tous ces bateaux
    Fendant les eaux,
A qui mieux mieux : sont-ils ingambes !

Ça, dit le père à ses marmots :
    Petits nigauds,
    C'est des sabots ;
J'ai les pareils au bout des jambes.

Et ceux-là n'ont pas de talons ;
Ils sont trop courts, je les veux longs,
Et leur bride est deux fois trop grande :

Voyez les miens, qui sont si bons !
Ils sont moins lourds et plus mignons :
Ce sont des sabots de commande.

X

SUZANNE AU BAIN

SANSON

Beau marbre, peu décent, me sera-t-il permis ,
Sans y prétendre en rien, mais par faveur insigne,
De réparer l'oubli par l'artiste commis :
De te mettre — à sa place — une feuille de vigne ?

A quoi bon ? dit Sanson, tel n'est pas mon avis :
Suzanne est bien ainsi, sa pose est chaste et digne
Il n'y faut rien changer ; et depuis lors je ris
Quand quelque sot dévôt passe au large et se signe.

XI

LE SINGE SAVANT

J.-B. CHARDIN

Quel est ce singe fier de porter la simarre
Qui s'est fait peindre ici rouge comme un homard ?
— Un géomètre illustre et cher à Galimard,
Mais le premier danseur de France et de Navarre.

XII

CRUCIFIXION

ANONYME

Chez les Romains et les Juifs autrefois
L'on vous mettait les voleurs sur la croix :
Des temps et des pays voyez la différence,
On la met maintenant sur les voleurs, en France.

XIII

TARTUFFE

DU MÊME

Voyez cet Adonis, c'est Tartuffe lui-même.
— Ce grêlé si crasseux, cet aboyeur perclus ?
— C'est qu'aspergé trop fort au jour de son baptême
Depuis ces temps lointains il ne se lave plus.

XIV

GRIBOUILLE

PASTEL

Pédant bourré de grec et farci de latin,
Tu ne seras jamais malgré tout qu'un crétin.

XV

JUIVE D'ALGER

Princesse M...

L'Aquarelle gouachée,
Si fade, si lâchée,,
De la Juive d'Alger,
D'ailleurs trop haut perchée,
Devrait déménager,
Comme a fait si nichée
Auguste, empanachée :
Dut-elle en enrager !

XVI

MELITUS

V. Mottez

Mottez peint comme il voit : tout lilas et tout rose ;
Mais il sait dessiner, c'est déjà quelque chose.

XVII

IGNOTUS

X...?

D'un illustre Inconnu, buste que j'idolâtre,
Pour lui mieux ressembler tu devrais être *en plâtre !*

XVIII

LA MORT D'ABEL

L. BONNAT

J'avais fait un sonnet, un bien joli sonnet,
Mais un sot s'est fâché qui me l'a fait défaire ;
Je dirais bien son nom, mais puisqu'il le faut taire,
Disons que, pour l'esprit, c'est un vrai sansonnet.

Et laissant ce vieux fou, bien fait pour me déplaire,
Saluons dans Bonnat un autre Espagnolet ;
Mais sa brosse est trop rude et la lumière éclaire
Mal Abel que pleure Eve, en négligé complet.

De nu le père Adam est une belle étude ;
Son désespoir éclate en ses traits contractés,
Et s'il tenait Caïn ses jours seraient comptés.

Le site est morne, abrupt — l'affreuse solitude
Dut souvent retentir de leurs cris déchirants :
Deuil cruel, le premier de nos premiers parents.

XIX

APRÈS-DINÉE A ORNANS

GUSTAVE COURBET

C'est plaisir de les voir, bravant des sots l'envie,
Vider un vieux flacon de kirsch ou d'eau-de-vie,
Après quatre ou cinq coups d'un joli vin d'Arbois
Qui fait danser le cœur sans flûte ni hautbois.

Le vieux semble assoupi mais songe, je parie,
A sa vigne, à ses prés, à sa vache amaigrie
Qui, peine et temps perdus, n'a pas encor vêlé.
A son fils, un génie, au monde révélé !

Car ce fils, c'est Courbet peint ici, qui s'en donne
Avec son instrument comme un qui s'y connaît ;
Son frère, qui l'écoute, a tout l'air d'un bênet,

L'autre est un philistin qui fume et qui tisonne :
Tout cela terne et gris, mais s'il faut parler net,
Courbet c'est Raphaël en regard de Manet.

XX

PAYSAGE ET RÉALISTES

ÉCOLE MODERNE

Près de finir je vois qu'aucun Paysagiste
N'a dans mes vers paru, quel que soit son renom,
Ni Breton, ni Corot, ni Français, ni Troyon,
Ni le pauvre Chintreuil, l'audacieux artiste.

Si Dieu me prête vie ils seront sur ma liste ;
Je chanterai leur gloire, exalterai leur nom,
Car le soleil de l'Art n'a pas qu'un seul rayon,
Il luit pour tous, hormis pour l'impressionniste.

Quoi ! peintre celui-là, direz-vous, quel honneur !
Quand son chef reconnu n'est qu'un badigeonneur,
Guindé, prétentieux, que le beau seul attriste :

Mais on l'a décoré, c'est un grand coloriste,
Et Proust est un malin qui s'entend en couleur ;
C'est juste et je m'incline : ô Dieux pardonnez-leur !

P. P. C.

Lecteur, en guise d'épilogue,
Souffrant et d'une humeur de dogue,
Je t'ai payé ne devant rien ;
Et quittant tous deux cet air rogue,
Si déplacé chez un chrétien,
Adieu sans plus : porte-toi bien.

TABLE DE LA 2me SÉRIE

www.ingramcontent.com/pod-product-compliance
Lightning Source LLC
Chambersburg PA
CBHW061509170626
46811CB00004B/1666